Frederick

Publicado por Editorial Lumen, S. A.,
Ramón Miquel y Plana, 10 - 08034 Barcelona.
Reservados los derechos de edición
en lengua castellana para todo el mundo.

© Leo Lionni, 1963

ISBN: 84-264-4651-5
Depósito legal: B. 8.550-1998
Impreso en
BIGSA
Sant Adrià de Besòs
Printed in Spain

Frederick

Leo Lionni

Traducción de Ana María Matute

Editorial Lumen

A lo largo del prado, donde pacían las vacas y trotaban los caballos, había un viejo muro hecho de piedras.

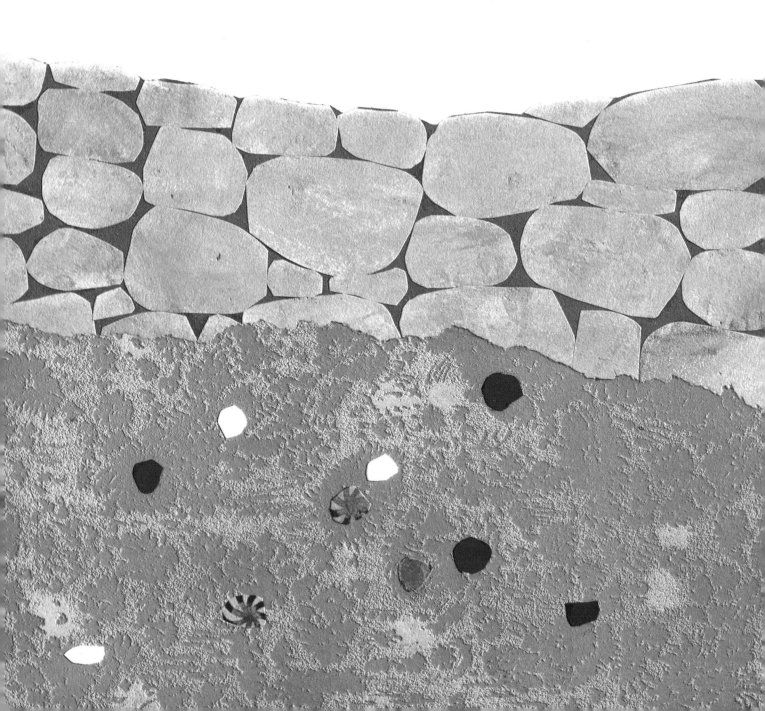

En aquel muro, no lejos del pajar y del granero,
tenía su hogar una parlanchina familia de ratones.

Pero los granjeros se habían marchado, el pajar estaba abandonado y el granero aparecía vacío. Y, como el invierno no andaba lejos, los ratoncitos empezaron a recoger maíz, nueces, trigo y paja. Todos trabajaban día y noche. Todos menos Frederick.

"Frederick, ¿por qué no trabajas?", le preguntaron.
"Yo trabajo", dijo Frederick.
"Recojo los rayos del sol para los fríos y oscuros días del invierno."

Y cuando vieron a Frederick, mirando al prado y sentado, le dijeron:
"¿Y ahora, Frederick?"
"Recojo colores", dijo Frederick, sencillamente. "Para el invierno gris."

Y una vez, Frederick parecía medio dormido.
"¿Estás soñando, Frederick?", le preguntaron con reproche.
Pero Frederick dijo: "Oh, no. Estoy reuniendo palabras, porque los días
de invierno son muchos, y largos, y se agotarán
las cosas de que hablar."

Los días de invierno llegaron, y, cuando cayó la primera nieve, los cinco ratoncitos se instalaron en su escondite entre las piedras.

Al principio había raciones para comer, y los ratones contaban historias de zorros tontos y gatos mentecatos. Eran una familia feliz.

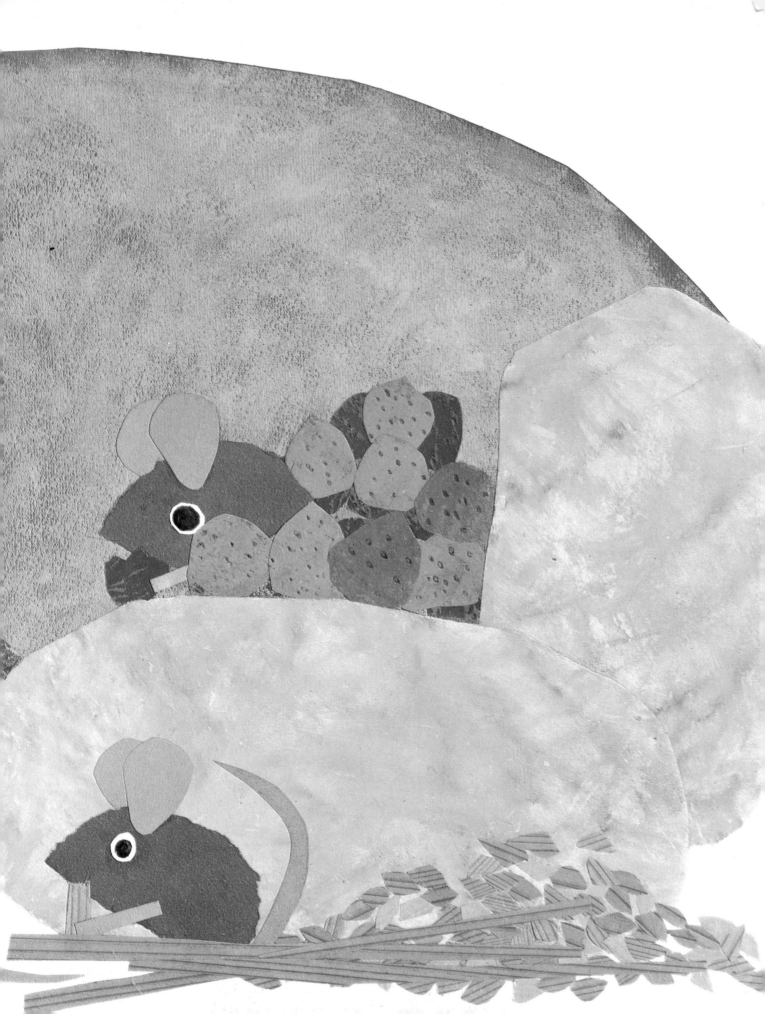

Pero, poco a poco, habían roído la mayoría de nueces y bayas, la paja se fue, y el maíz era sólo un recuerdo. En el muro hacía frío y nadie sentía ganas de charla.

Entonces se acordaron de lo que Frederick
había dicho sobre los rayos de sol,
los colores y las palabras.
"¿Qué hay de tus provisiones,
Frederick?", le preguntaron.

"Cerrad los ojos", dijo Frederick,
mientras se subía en una gran piedra.
"Ahora os envío los rayos del sol.
Sentid su dorado resplandor..."
Y a medida que Frederick hablaba
del sol, los cuatro ratoncitos volvían a
sentir su tibieza. ¿Era la voz de
Frederick? ¿Era magia?

"¿Y qué hay de los colores, Frederick?", preguntaron ansiosamente. "Cerrad los ojos otra vez", dijo Frederick. Y cuando les habló de la azul flor pervinca, de la amapola roja entre los trigos amarillos, de las verdes zarzamoras florecidas, ellos veían los colores con tanta claridad como si estuvieran pintados en sus mentes.

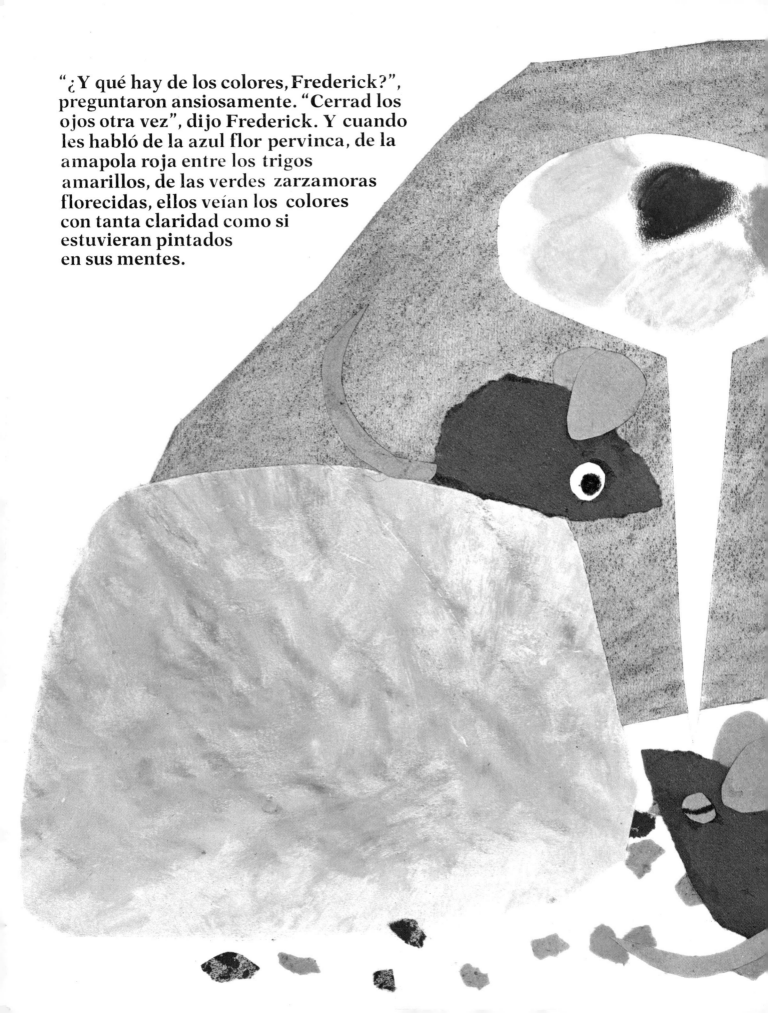

"¿Y las palabras, Frederick?"

Frederick aclaró su garganta, esperó
un momento, y entonces, como
desde un escenario, dijo:

Cuando Frederick terminó, todos le aplaudieron.

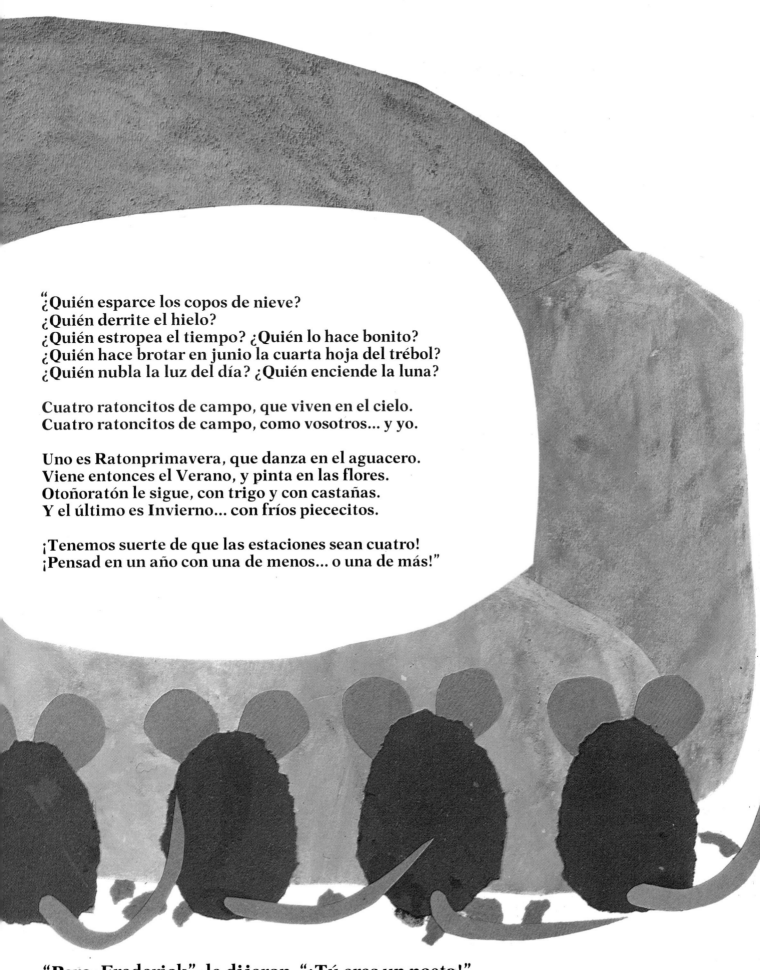

"¿Quién esparce los copos de nieve?
¿Quién derrite el hielo?
¿Quién estropea el tiempo? ¿Quién lo hace bonito?
¿Quién hace brotar en junio la cuarta hoja del trébol?
¿Quién nubla la luz del día? ¿Quién enciende la luna?

Cuatro ratoncitos de campo, que viven en el cielo.
Cuatro ratoncitos de campo, como vosotros... y yo.

Uno es Ratonprimavera, que danza en el aguacero.
Viene entonces el Verano, y pinta en las flores.
Otoñoratón le sigue, con trigo y con castañas.
Y el último es Invierno... con fríos piececitos.

¡Tenemos suerte de que las estaciones sean cuatro!
¡Pensad en un año con una de menos... o una de más!"

"Pero, Frederick", le dijeron. "¡Tú eres un poeta!"

Frederick se ruborizó, hizo una reverencia y dijo tímidamente: "Ya lo sé."